Roulette russe au Kremlin

JEAN-PIERRE MARTINEZ

Roulette russe au Kremlin

La Comédiathèque
comediatheque.net

PERSONNAGES

Le Président ou la Présidente de la Russie :
Boris ou Katia

Le Président ou la Présidente de la France :
Manuel ou Marianne

Dans cette version, les Présidents russe et français sont des hommes, mais ils peuvent très bien être interprétés par des femmes en modifiant seulement les prénoms, sans aucun changement de dialogue.

© La Comédiathèque
ISBN : 978-2-37705-623-1

En bande son résonnent les Chœurs de l'Armée Rouge. La lumière se fait peu à peu. On aperçoit une table avec une chaise à chaque bout. Sur le mur du fond un drapeau russe à jardin et un drapeau français à cour. Boris, immobile et visage impassible, est assis à un bout de la table, côté jardin. Un gros téléphone rouge à l'ancienne est posé sur la table. Le téléphone sonne. Il répond.

Boris – Da... Da... Da... *(Il raccroche et reste un instant pensif, avant de répéter plus rapidement.)* Da, da, da... *(On entend alors en bande-son la chanson de The Police, tandis que Boris se lève et esquisse quelques pas de danse tout en fredonnant les paroles.)* De doo doo doo... De da da da... Is all I want to say to you...

Il reprend soudain son sérieux et rajuste sa cravate. Il va jusqu'à un meuble et en sort une bouteille de vodka et un verre. Il remplit le verre et le vide cul sec. Il range la bouteille et le verre. Il se rassied et s'immobilise à nouveau, tel une statue.

Les premières mesures de La Marseillaise *retentissent avec d'intenses crépitements, puis la musique s'arrête comme si le disque déraillait.*

Manuel entre avec un sourire crispé sur les lèvres. Il tient à la main un petit paquet.

Manuel – Bonjour Boris.

Boris se lève pour le saluer.

Boris – Bonjour Manuel, tu as fait bon voyage ?

Manuel – Excellent, je te remercie. Comment vas-tu ?

Boris lui serre la main avec un sourire glacial.

Boris – Assieds-toi, je t'en prie.

Manuel – Merci.

Manuel s'assied, sur ses gardes. Boris s'assied également.

Boris – J'ai demandé à ce que personne ne nous dérange. Nous nous passerons aussi d'interprète.

Manuel – Pourquoi un interprète ? Ton français est absolument parfait. D'ailleurs, tu ne m'as jamais dit où tu avais appris à parler aussi bien notre langue...

Boris – À Paris.

Manuel – Tu as fait des études à Paris ?

Boris – Je travaillais pour l'ambassade.

Manuel – Diplomate, donc...

Boris – Agent de renseignement, plutôt.

Manuel *(plaisantant)* – Autrement dit espion... *(L'autre n'esquisse pas un sourire et Manuel reprend son sérieux.)* D'accord... Pas d'interprète...

Boris – Il n'y aura aucun témoin de notre rencontre. Rien de ce que nous dirons ici ne sortira de cette pièce.

Manuel – Parfait. *(Il jette un regard autour de lui.)* Et j'imagine que cette conversation ne sera pas enregistrée non plus...

Boris considère le paquet que Manuel tient à la main.

Boris – Tu veux poser ça quelque part ?

Manuel – Ah oui, j'oubliais... C'est un petit cadeau pour toi...

Il tend le paquet à Boris.

Boris – Qu'est-ce que c'est ? Un colis piégé ?

Manuel – Presque... C'est l'intégrale des films de cet acteur français que tu aimes tant... Enfin, je veux dire... qui t'admire tellement.

Boris *(prenant le paquet)* – Merci.

Manuel lui désigne un carton d'accompagnement.

Manuel – Il a même écrit une petite dédicace.

Boris *(lisant la dédicace sur le carton)* – Pour mon ami Boris...

Manuel – Oui, c'est ce que je me suis dis aussi... Quelle imagination, ces comédiens...!

Boris pose le paquet sur la table.

Boris – Très bien. Tu remercieras Gérard de ma part. Je ne suis pas sûr d'avoir le temps de voir ses films en ce moment, mais bon...

Manuel – Tu regarderas ça dans ta cellule, quand la Cour Internationale de Justice t'aura condamné à perpète pour crime contre l'Humanité.. *(L'autre lui lance un regard meurtrier.)* Je plaisante...

Boris – Si tu me disais plutôt la véritable raison de ta venue à Moscou ?

Manuel reprend son sérieux et adopte un ton solennel.

Manuel – Comme tu le sais, Boris, l'Europe est très préoccupée par les tensions actuelles à la frontière entre la Russie et la Poldavie. Je suis ici pour chercher avec toi les bases d'un accord qui pourrait permettre de parvenir à un début de désescalade.

Boris – Vraiment...?

Manuel – La Russie a massé des troupes considérables à sa frontière avec la Poldavie. Il est légitime que nous soyons inquiets...

Boris – Ce ne sont que de simples manœuvres, qui étaient prévues de longue date.

Manuel – La Russie exerce depuis longtemps une influence sur la partie orientale de la Poldavie. Est-ce un hasard si ces manœuvres se déroulent justement aux portes de cette région russophone qui prétend à l'indépendance, pour ne pas dire à son rattachement avec la Russie ?

Boris – Si nous avions l'intention d'envahir la Poldavie, nous l'aurions déjà fait depuis longtemps. Mais nous entendons en effet que la Poldavie ne constitue jamais une menace pour notre pays, en devenant la tête de pont de l'armée américaine en Europe de l'Est.

Manuel – Un état souverain a le droit de choisir ses alliances.

Boris – Vous auriez dû dire ça à Kennedy lors de la crise des missiles à Cuba. Castro n'avait-il pas le droit lui aussi de choisir ses alliances ?

Manuel – C'était il y a longtemps, et je n'étais pas né.

Boris – Moi non plus.

Manuel – Le monde a changé, Boris.

Boris – Tu en es sûr, Manuel ?

Manuel – L'URSS n'existe plus... et la construction européenne est en marche.

Boris – La Russie est éternelle, et l'Europe est un géant aux pieds d'argile. L'Angleterre a choisi d'en sortir.

Manuel – Mais la Poldavie aspire à y entrer.

Boris – Je ne m'y opposerai pas. À condition qu'elle n'intègre pas aussi l'OTAN. La Russie ne peut pas tolérer la présence des missiles nucléaires américains juste à sa frontière. À cinq cents kilomètres de Moscou.

Manuel – Je ne pense pas que l'intention des États-Unis soit d'installer des missiles à la frontière russe.

Boris – Tu ne penses pas... mais peux-tu me le garantir ?

Manuel – Je ne peux parler qu'au nom de l'Europe, c'est vrai.

Boris – C'est pourquoi je te répète ma question : quelle est la véritable raison de ta venue au Kremlin ?

Manuel semble hésiter.

Manuel – D'accord, j'avoue... À part essayer d'éviter une guerre mondiale, je suis aussi venu à Moscou pour asseoir un peu plus mon statut d'homme d'État au niveau international...

Boris – Oui, je m'en doutais un peu. J'ai déjà reçu ici les principaux candidats qui se présentent contre toi à la présidentielle.

Manuel – Donc, comme tu le sais, les élections approchent. Et en France, ce n'est pas si facile de se faire élire et encore moins réélire.

Boris – Je vois...

Manuel – C'est que chez nous justement, pour commencer... il y a plusieurs candidats.

Boris – C'est le problème, avec la démocratie.

Manuel – Le pire des systèmes à l'exception de tous les autres, comme disait Churchill.

Boris – Et qu'est-ce que tu attends de moi, au juste ?

Manuel – Eh bien... un geste d'apaisement dans la crise avec la Poldavie, par exemple. Un début de désescalade dont je pourrais m'attribuer la paternité et la gloire, au moins le temps des élections.

Boris – Je ne retirerai pas mes troupes avant d'avoir obtenu un engagement des Américains à démilitariser la zone. L'Europe, je m'en fous. Alors la France, tu penses bien...

Manuel – Je ne te demande pas de retirer tes troupes, Boris ! Je parlais d'un geste symbolique. Je ne sais pas moi... Une conférence de presse commune juste après notre entretien, pendant laquelle tu dirais que tu restes ouvert à la négociation. Ce genre de conneries... Ça ne t'engage à rien.

Boris – Et qu'est-ce que j'y gagne ?

Manuel – Ma reconnaissance éternelle... au moins jusqu'à la fin de mon prochain mandat. *(L'autre lui lance un regard glacial.)* Non, je déconne, mais... je trouverai bien le moyen de te renvoyer l'ascenseur. Tiens, dans mon programme, j'ai promis aux écolos de fermer quelques vieilles centrales nucléaires. On pourrait vous acheter un peu plus de charbon pour compenser ?

Boris – Il faut voir...

Manuel sort une feuille de la poche de sa veste, et il la tend à Boris.

Manuel – Regarde, je t'ai amené un avant-contrat... Ça fait déjà une belle somme.

Boris ne saisit pas la feuille, et continue de fixer Manuel du regard.

Boris – Il est trop tôt pour parler affaires, je regarderai ça plus tard... Vodka ?

Manuel – Vodka...? Il est neuf heures du matin, Boris... Je ne sais pas si c'est trop tôt pour parler business, mais pour moi c'est bien trop tôt pour avaler ce tord-boyau...

L'autre lui lance un regard froid.

Boris – C'est la meilleure vodka qu'on puisse trouver en Russie.

Manuel – OK, vodka...

Pendant que Manuel replace l'avant-contrat dans sa poche, Boris sort la bouteille et deux verres qu'il remplit. Il en tend un à Manuel. Boris lève son verre pour porter un toast.

Boris – Za vAché zdarOvié !

Manuel lève aussi son verre.

Manuel – À la paix entre la Russie et la Poldavie !

Boris – C'est ça... À la victoire de la Russie !

Boris vide son verre cul sec. Manuel se sent obligé de l'imiter. Il fait la grimace.

Manuel – Ah oui, c'est... C'est plutôt une boisson d'hommes.

Boris – C'est une boisson de Russes... Une autre ?

Manuel – Merci, je crois que je ferais mieux de m'arrêter là... *(L'autre lui lance un regard noir.)* OK mais c'est le dernier, alors.

Boris remplit les verres, avant de lever à nouveau le sien.

Boris – À l'amitié franco-russe !

Ils vident leurs verres d'un trait.

Manuel – Au moins, ça réchauffe. Parce qu'il faut dire qu'il ne fait pas très chaud, dans ton pays. Ici non plus, d'ailleurs...

Boris – Il fera moins chaud chez vous quand on vous aura coupé le gaz.

Manuel reste un instant désarçonné.

Manuel – Bon, alors, Boris... Tu l'envahis ou pas, la Poldavie ?

Boris – La Poldavie n'existe pas. Ce que les Poldaves appellent la Poldavie a toujours été une province russe. Comment pourrais-je envahir un pays qui n'existe pas ? Quand l'armée russe se déplace dans un territoire russe, on n'appelle pas ça une invasion. On appelle ça des manœuvres militaires.

Manuel – C'est un point de vue...

Boris – Quand l'Armée Française fait des manœuvres en Alsace-Lorraine, vous n'appelez pas ça une invasion ?

Manuel – Non... on appelle ça la Première Guerre Mondiale.

Boris – Parce que vous considérez à juste titre que l'Alsace-Lorraine, c'est la France. C'est exactement pareil avec la Poldavie pour la Russie.

Manuel – Je n'entrerai pas dans ce débat, Boris. Là il s'agit seulement d'éviter que ce conflit larvé dégénère en une guerre ouverte. Pékin aussi considère que Taïwan, est une province chinoise. Et pourtant, la Chine n'a jamais pris le risque d'envahir Taïwan.

Boris – Parce que les Chinois sont avant tout un peuple de marchands. Ils sont prêts à brader un morceau de leur territoire dans le seul but d'éviter un conflit qui serait mauvais pour les affaires.

Manuel – Justement, à propos d'affaires... Tu es conscient que si ton armée entre en Poldavie, la communauté internationale infligera des sanctions concertées à la Russie ? Des sanctions très sévères...

Boris – Je m'en fous, de vos sanctions. J'ai quelques centaines de milliards planqués dans des paradis fiscaux. Tu crois vraiment que j'ai peur de ne plus trouver de caviar à l'épicerie du coin ?

Manuel – Tu es sûr de vouloir faire subir à la Russie le même sort que l'Iran, Boris ? Leur économie est en ruine...

Boris – Les Iraniens crèvent de faim, mais l'Iran est toujours gouverné par un Ayatollah. Vos sanctions, c'est le peuple russe qu'elles font souffrir. Et le peuple russe, comme le peuple iranien, plus il souffre, plus il se considère comme une victime de l'Occident. Et plus il se considère comme une victime de l'Occident, plus il s'en remet aveuglément à son leader suprême.

Un temps.

Manuel – Tu sais quoi ? Dans un sens, je t'envie, Boris. En France, il suffit que l'essence augmente de 10 centimes pour que les gens descendent dans la rue, mettent le feu à des pneus sur les ronds-points, et réclament la démission du président.

Boris – Ici, les pneus, on n'a pas les moyens de les brûler. On a déjà du mal à en trouver pour faire rouler nos voitures.

Manuel – Il y a une épidémie meurtrière, on les paie pour rester chez eux à rien foutre, on leur trouve un vaccin en moins d'un an, le vaccin est gratuit... et ils crient à la dictature sanitaire.

Boris – La dictature sanitaire...?

Manuel – La dictature sanitaire, oui... Et aux élections d'après, pour sanctionner le présumé dictateur, ils votent pour un candidat d'extrême-droite qui propose d'instaurer un régime policier.

Boris – La démocratie est un régime d'enfants gâtés. Les citoyens sont des gosses, et les gosses ont besoin d'autorité.

Manuel – Il n'empêche que les élections approchent, et que je ne suis pas sûr d'être réélu. Et si je ne suis pas réélu, avec toutes les casseroles que je me trimballe, je risque de finir en taule pour détournement de fonds publics.

Boris – Tu vois, l'indépendance de la justice, ça n'a pas que du bon...

Manuel – C'est que moi, je n'ai pas des centaines de milliards de dollars planqués dans un paradis fiscal, comme toi. Tout au plus quelques centaines de milliers d'euros dans un coffre en Suisse...

Boris – Bien... Et en quoi est-ce que tout ça me concerne, au juste ?

Manuel – On sait ce qu'on a, on ne sait pas ce qu'on va trouver, Boris... Même si mon successeur prétend être plus russophile que moi, à quoi ça te servira s'il pousse la France à la ruine, et qu'on n'a plus d'argent pour t'acheter ton pétrole et ton gaz ?

Boris semble réfléchir un instant.

Boris – Ils sont combien, à se présenter contre toi ?

Manuel – Une bonne dizaine...

Boris – Pourquoi tu t'emmerdes, Manuel ? Tu les fais empoisonner...

Manuel – Tous ?

Boris – Au moins les deux ou trois clients les plus sérieux. Les autres tu les gardes pour conserver une apparence de démocratie.

Manuel – Je ne peux pas faire ça...

Boris – Alors tu les fais arrêter et tu les fous dans un camp de rééducation !

Manuel – Malheureusement, chez nous, ce n'est pas si simple. Avant d'envoyer quelqu'un en prison, il faut un procès.

Boris – Chez nous aussi.

Manuel – Non, je veux dire un vrai procès, avec des juges indépendants... En France, un président ne peut pas faire jeter en prison ses principaux opposants en se contentant de les accuser de haute trahison. *(Regardant autour de lui)* À propos, on est où, exactement, ici ?

Boris – Au Kremlin...

Manuel – Oui... mais le trajet en ascenseur pour arriver jusqu'ici m'a semblé interminable. J'avais l'impression de descendre aux enfers... *(Il se lève et fait le tour de la pièce.)* Et puis il n'y a aucune fenêtre... Où est-ce qu'on est ? Dans une mine de charbon ?

Boris – Dans mon abri anti-atomique.

Manuel – Pardon ?

Boris – Tu te doutes bien que le Kremlin dispose d'un abri anti-atomique. Tu n'en as pas un, toi, à l'Élysée ?

Manuel – Certes mais... quand tu es venu en France, je t'ai reçu au Palais de Versailles. Pourquoi me recevoir dans un endroit pareil ?

Boris – Parce que nous entrons maintenant dans une situation de crise, Manuel. Une situation qui exige de prendre certaines précautions...

Manuel – Au point de recevoir un chef d'état étranger dans un abri anti-atomique ?

Un temps.

Boris – À l'heure où je te parle, les troupes russes viennent de franchir la frontière poldave.

Manuel reste un instant sonné. Boris saisit la bouteille et la montre à Manuel.

Boris – Je te ressers une vodka ?

Manuel – Tu t'es bien foutu de moi, hein ?

Boris – Nous ne faisons que reprendre ce qui nous appartient.

Manuel – J'étais venu ici pour négocier.

Boris – Tu es venu ici pour assurer ta réélection.

Manuel – Quoi qu'il en soit, Boris, tu ne vas pas te faire de nouveaux amis avec cette guerre... Tu n'en avais déjà pas beaucoup à part moi... Et Gérard, bien sûr...

Boris – Je ne fais pas de politique pour me faire des amis. Je veux rendre à la Russie sa grandeur passée.

Manuel – Ça ne te mènera nulle part, crois-moi. Mes prédécesseurs à moi s'appellent Charlemagne, Louis XIV et Napoléon. Nous aussi, nous avons eu nos heures de gloire. Il fut un temps où la France dominait l'Europe. Quand elle n'envahissait pas la Russie...

Boris – Vous avez dû battre en retraite, si j'ai bonne mémoire.

Manuel – Justement. Il faut savoir jusqu'où aller trop loin, Boris.

Boris – La Russie ne peut pas tourner le dos à son histoire.

Manuel – Certes, mais il faut savoir quand il est temps de tourner la page d'un livre d'histoire. Il faut se rendre à l'évidence, Boris. La France n'est plus ce qu'elle a été. La Russie non plus. Il serait temps que tu l'acceptes, toi aussi...

Boris – La Russie est le plus vaste pays du monde.

Manuel – Et aussi le moins peuplé au kilomètre carré.

Boris – La Russie est une grande puissance.

Manuel – Mais la Russie a le produit intérieur brut de l’Espagne.

Boris – Nous avons du pétrole et du gaz, que le monde entier veut nous acheter.

Manuel – Jusqu’au jour où on pourra les remplacer par des énergies renouvelables. La Russie ne sera plus alors qu’un désert. Le plus grand désert de la planète. Et la nature a horreur du vide...

Boris – Nous avons la deuxième armée du monde.

Manuel – Mais tu n’arrives même pas à nourrir ta population, à peine plus nombreuse que celle du Japon, qui est pourtant 50 fois plus petit et qui n’a aucune ressource naturelle. Les Japonais, eux, ne manquent pourtant de rien.

Boris – Si nous manquons de tout, c’est à cause des sanctions que nous imposent les États-Unis.

Manuel – C’est surtout à cause de la fuite en avant militariste que tu imposes à ton pays depuis des décennies, Boris. Tu n’as plus les moyens de tes ambitions, mon vieux...

Boris – Il nous reste l’arme atomique.

Silence.

Manuel – Nous sommes un petit pays, certes, mais la France aussi dispose de l’arme nucléaire, tu sais. Tout comme d’autres petits pays comme la Grande-Bretagne ou Israël. Et même si notre force de frappe n’est pas comparable à la vôtre, elle nous suffirait amplement pour réduire à néant les principales villes de Russie. Sans parler de nos alliés, bien sûr, dont les États-Unis, avec lesquels nous sommes liés par un accord de défense mutuelle...

Boris – D'accord, l'Amérique a la première armée du monde, mais cette armée est dirigée par des eunuques. Les Américains n'oseront pas bouger, comme d'habitude. L'Europe non plus. Et tu sais pourquoi ?

Manuel – Peu importe, puisque tu vas me le dire quand même.

Boris – Parce que vous, vous avez trop à perdre. Le peuple russe n'a rien à perdre, à part sa fierté, et c'est ça qui fait sa force. En voulant nous affaiblir, vous n'avez fait que renforcer notre détermination. En voulant nous humilier, vous avez réveillé notre fierté nationale.

Manuel – Pourquoi avoir accepté de me recevoir, si tu avais déjà décidé d'envahir la Poldavie ?

Boris – Je sais que cette décision sera difficile à accepter par l'Occident. Disons que j'avais besoin d'en parler... à un ami.

Manuel – Tu n'as donc plus personne avec qui parler dans ton propre pays ?

Boris – C'est sans doute ce qu'on appelle la solitude du pouvoir.

Manuel – Et à pouvoir absolu, solitude absolue...

Boris – Que veux-tu ? J'aime la France malgré tout. Peut-être à cause de ce que tu disais tout à l'heure. Vous aussi vous avez la nostalgie d'une grandeur perdue... Et vous avez du mal à supporter la tutelle condescendante de l'Oncle Sam.

Manuel – Il est encore temps pour la Russie de se rapprocher de l'Europe. Nous pourrions unir nos forces pour faire contrepoids à l'impérialisme américain.

Boris – Mais l'Europe a depuis longtemps choisi son camp.

Manuel – Notre camp, c'est celui de la démocratie. Et ce n'est pas celui qu'a choisi la Russie.

Boris – La démocratie est un luxe que la Russie ne peut pas se permettre si elle veut continuer d'exister face à l'Amérique.

Manuel – Oublions un peu l'Amérique, Boris. Au nom de l'Europe, je te demande solennellement de renoncer à ton projet et de rappeler tes troupes.

Boris – Je n'en ferai rien, tu le sais.

Manuel – Alors je n'ai plus rien à faire ici.

Il fait un mouvement pour partir.

Boris – Attends... Moi aussi, j'ai un cadeau pour toi.

Boris sort quelques photos de sa poche et les tend à Manuel, qui les regarde.

Manuel – Qu'est-ce que c'est que ça ?

Boris – Comme tu le vois, une photo de ta principale opposante, à poil dans une chambre d'hôtel au Kenya, avec deux apollons africains à peine majeurs.

Manuel – Où est-ce que tu as eu ça ?

Boris – Il arrive aussi aux membres des services secrets russes de faire des safaris-photos au Kenya...

Manuel – Et... qu'est-ce que tu veux que je fasse de ça ?

Boris – Ça c'est toi qui vois, mon vieux. Mais je pense que si cette photo était demain à la une de tous les journaux, ta réélection ne serait plus qu'une formalité.

Manuel semble hésiter.

Manuel – Ce n'est pas si simple, hélas. On m'accuserait de l'avoir piégée. On crierait au complot. Et ce serait encore moi le méchant...

Boris – Dans ce cas, il suffit d'envoyer ces photos à l'intéressée. Elle comprendra le message et elle prendra elle-même l'initiative de retirer sa candidature.

Manuel – Même si j'acceptais d'entrer dans ce genre de chantage, les voix de cette salope se reporteraient aussitôt sur le troisième candidat le mieux placé dans cette élection... qui est encore pire qu'elle.

Boris – Rassure-toi, j'ai prévu ça aussi.

Boris sort d'autres photos de sa poche et les tend à Manuel, qui les regarde.

Manuel *(effaré)* – Qu'est-ce que c'est que cette horreur ?

Boris – Le cadavre de ton troisième homme, qui il y a quelques minutes, vient de mourir bêtement dans un accident de voiture.

Manuel – Dis-moi que ce n'est pas vrai ! Dis-moi que ce n'est pas toi !

Boris – Alors je ne te le dis pas.

Manuel regarde à nouveau la photo.

Manuel – Dis-moi que c'est un photo-montage !

Boris – Tout le monde connaissait sa passion pour les grosses cylindrées, et sa propension à dépasser les limites. Surtout les limites de vitesse. Il s'est encastré dans un pilier avec sa Mercedes sur les quais de Seine. Rassure-toi, ce n'était pas dans le tunnel du Pont de l'Alma...

Manuel – Tu es complètement dingue, Boris.

Boris – Tu voulais être réélu, oui ou non ? Et je préfère autant avoir à la tête d'un grand pays comme la France un dirigeant qui est un véritable ami de la Russie. Comme tu dis, mieux vaut tenir que courir...

Manuel – Mais je ne t'ai rien demandé, moi !

Boris – Tu viens de me demander de t'aider pour ta réélection !

Manuel – Pas en assassinant ou en disqualifiant tous les autres candidats à la présidentielle !

Boris – Tu devrais me remercier. Je fais le sale boulot à ta place, et je t'évite de te salir les mains... Si ça t'arrange, tu peux même accuser les services secrets russes. On n'est plus à ça près, tu sais...

Manuel – Si tu permets, je préfère prendre congé...

Boris – Allez... Tu ne vas pas partir sans partager un petit déjeuner avec moi ! Ce serait gravement insulter l'hospitalité russe...

Manuel – J'ai déjà pris un café dans l'avion... Et toi... si je peux me permettre, tu as une mine de cadavre. Tu ferais mieux de rappeler tes troupes et d'aller te coucher.

Boris – Je n'ai pas dormi de la nuit, c'est vrai.

Manuel – Parce que tu hésitais. Et parce que tu sais maintenant que tu n'as pas pris la bonne décision.

Boris – Ma décision était prise depuis longtemps. Je n'ai pas dormi parce que j'ai passé la nuit à diriger les opérations.

Manuel – Des millions de gens vont souffrir. Des milliers de gens vont mourir. Des soldats. Des civils. Y compris dans ton propre pays. Pourquoi ?

Boris – Pour l'amour de la patrie. Pour l'amour de la Russie.

Manuel – Et surtout pour satisfaire l'orgueil démesuré de son Lider Maximo. Désolé, mais je dois rentrer à l'Élysée pour gérer cette crise en concertation avec nos alliés. Sans parler de la disparition suspecte d'un de mes principaux opposants pour la présidentielle... Au revoir, Boris...

Il sort. Boris reste assis, toujours impassible. Manuel revient.

Manuel – Tu peux demander à ce qu'on m'ouvre ? La porte est fermée..

Boris – Désolé, tu ne peux pas sortir pour l'instant.

Manuel – Pardon ?

Boris – Je viens de t'annoncer que nos troupes étaient en train de franchir la frontière poldave. Je veux pouvoir bénéficier encore quelques instants de l'effet de surprise.

Manuel – Tu me retiens en otage ? Tu retiens en otage le président d'un pays membre de l'OTAN ?

Boris – C'est l'affaire d'une heure, tout au plus. Profitons-en pour déjeuner. Thé ? Café ?

Manuel sort son téléphone portable.

Manuel – C'est une déclaration de guerre, Boris... J'appelle mon chef de cabinet.

Il appuie sur une touche, mais rien ne se passe.

Boris – Tu ne peux pas téléphoner non plus. Ce bunker est totalement isolé du reste du monde. Pour éviter les cyber-attaques. Nous ne sommes reliés à l'extérieur que par ce bon vieux téléphone rouge. Mais on ne peut joindre avec que le room service et mon chef d'état major.

Manuel – Tu ne parles pas sérieusement, Boris ? Dis-moi que c'est une mauvaise plaisanterie ?

Boris – Le sens de l'humour n'est pas ce qui caractérise les Russes, tu le sais. Et leurs dirigeants encore moins.

Manuel – Mais enfin, c'est ridicule. Même les Iraniens n'ont jamais osé faire ça ! Tu ne peux pas retenir dans ton bunker le président d'un grand pays démocratique venu te voir dans le seul but d'éviter une guerre fratricide.

Boris – Il faut croire que si. Puisque je suis en train de le faire.

Manuel – Mais enfin, qu'est-ce que tu espères ? Te servir de moi comme bouclier humain en cas de guerre nucléaire ?

Boris – Ce n'est pas à ça que je pensais, mais pourquoi pas ?

Manuel – D'ailleurs, c'est me donner beaucoup trop d'importance. Tu crois vraiment que si la Russie décidait de frapper l'Occident avec l'arme atomique, c'est ma présence ici qui retiendrait les États-Unis de frapper la Russie en retour ?

Boris – Je te rappelle que c'est toi qui as sollicité cet entretien.

Manuel – Si tu savais déjà que tu allais envahir la Poldavie, tu pouvais refuser.

Boris – Disons que... les choses se sont un peu précipitées.

Manuel se rassied.

Manuel – Très bien, alors je me considère comme ton prisonnier.

Boris – Tu me permettras de te considérer comme mon invité.

Manuel – C'est ça que tu appelles l'hospitalité russe ? Nous en France, quand on reçoit un invité, on laisse la porte ouverte derrière lui.

Un temps.

Boris – Tu ne veux vraiment pas que je te fasse servir un petit déjeuner ? Il y aura même du caviar.

Manuel – Merci, je n'ai pas faim.

Boris – Je t'avoue que moi non plus.

Manuel – Tu ne manques pourtant pas d'appétit pour ce qui est d'avaler les pays voisins. Tu as déjà annexé la Soldavie l'année dernière. Mais cette fois, tu as les yeux plus gros que le ventre, Boris. La Poldavie, c'est un grand pays qui aspire à la démocratie et qui veut se rapprocher de l'Europe. C'est d'ailleurs ça que tu ne peux pas supporter, n'est-ce pas ? Ce qui te gêne, ce n'est pas que la Poldavie rejoigne l'OTAN, c'est qu'elle choisisse le camp de la démocratie.

Boris – Si j'en crois les résultats des dernières élections en Europe, la démocratie, chez vous, plus personne n'en veut. Sans une aide de ma part, demain tu ne seras pas réélu, et c'est un populiste de droite ou de gauche qui entrera à l'Élysée.

Manuel – Les gens ont la mémoire courte, c'est vrai. Mais nous, au moins, nous n'envahissons pas les pays voisins pour leur imposer notre point de vue.

Boris – La Poldavie, c'est la Russie. Nous serons accueillis en libérateurs.

Manuel – Tu n'as plus personne autour de toi pour te contredire, Boris. Tu finis par croire en tes propres mensonges.

Boris – Jusqu'ici tout le monde en Russie est d'accord avec moi.

Manuel – Si tout le monde est de ton avis, c'est parce qu'ils ont tous peur de toi. En France ou en Amérique, un président peut aussi prendre ses rêves pour des réalités. Mais il y a toujours quelqu'un pour le ramener sur terre à un moment donné. C'est un des rares avantages de la démocratie.

Boris – Peut-être, mais dans vos démocraties, à force de ne vouloir mécontenter personne, vous en arrivez à ne plus prendre aucune décision.

Manuel – Si ça peut nous empêcher d'en prendre des mauvaises... qui n'apporteront à tous que le malheur.

Boris – C'est vrai, et je l'assume. La recherche du bonheur n'est pas pour nous le seul programme d'une grande nation.

Manuel – Pour nous, dis-tu ? Parce que tu penses vraiment parler au nom de tous les Russes ?

Boris – Ce sont les Russes qui m'ont placé là où je suis aujourd'hui. D'accord, je n'avais pas de véritable opposant. Mais j'ai quand même été plébiscité. Comme votre Général de Gaulle, autrefois...

Manuel – De Gaulle a démissionné lorsqu'il s'est senti désavoué. En serais-tu capable ?

Boris – Pour l'instant, j'ai le soutien du peuple.

Manuel – Le peuple... Je t'avoue que je ne sais pas trop ce que c'est. Les électeurs, oui, mais le peuple... Que ce soit le peuple français ou le peuple russe, d'ailleurs...

Boris – Le peuple a toujours raison.

Manuel – Parce qu'on lui fait dire ce qu'on veut... Le peuple, ça n'existe pas. C'est une fiction inventée par les populistes pour se faire élire par des gens qui ont pourtant des intérêts contradictoires. C'est au gouvernement d'imposer l'intérêt général face à la somme de tous ces égoïsmes pour essayer de maintenir une certaine cohésion sociale.

Boris – Finalement, tu n'es pas loin d'être du même avis que moi. C'est beaucoup plus simple quand un seul décide pour tout le monde.

Le téléphone rouge sonne. Boris décroche.

Boris – Da... Da... Da...

Il raccroche.

Manuel *(ironique)* – Les nouvelles sont bonnes ?

Boris – Excellentes... Notre armée progresse sans rencontrer de résistance significative.

Manuel – C'est ce que disait Napoléon quand il a envahi la Russie. Et ce que disait Brejnev quand il a envahi l'Afghanistan. Il ne faut pas oublier les leçons de l'Histoire, Boris.

Boris – L'Histoire, il y a ceux qui la lisent, et ceux qui l'écrivent. *(Le téléphone rouge sonne à nouveau. Boris répond.)* Da... Da... Da...

Il raccroche le combiné.

Manuel – Le room service ? Ils veulent savoir si on libérera la chambre avant midi ?

Boris – Mon chef d'état major. L'intervention militaire de la Russie en Poldavie est désormais connue de tous. Et l'OTAN menace d'intervenir directement si je ne retire pas mes troupes immédiatement.

Manuel – Je t'avais prévenu. C'était une ligne rouge à ne pas dépasser.

Boris – Ils bluffent.

Manuel – Quoi qu'il en soit, je vais pouvoir m'en aller. Tu me retenais ici pour que je ne prévienne pas nos alliés de ton plan secret. Maintenant que tout le monde le connaît...

Il se lève pour partir.

Boris – Encore un instant, si tu veux bien...

Manuel – Quoi encore ?

Boris – Tu pourrais rester ici pour jouer les négociateurs, comme tu voulais le faire au départ.

Manuel – Je te rappelle que depuis, tu as déclaré la guerre au monde libre.

Boris – Tu voulais négocier une désescalade. Tu pourrais négocier un armistice.

Manuel – Comme Pétain ?

Boris – Certains ont obtenu le Prix Nobel de la Paix pour moins que ça.

Manuel semble hésiter.

Manuel – Le Prix Nobel de la Paix... en général, c'est plutôt un enterrement de première classe. En attendant je risque d'y perdre mon âme.

Boris – Si tu réussis à éviter une guerre mondiale... tu deviens un héros dans ton propre pays. Et tu assures ta réélection. D'autant que tu n'as plus d'opposants.

Manuel – Deux opposants en moins, en une seule journée, on va me soupçonner de les avoir fait éliminer.

Boris – Pas si tu reviens en sauveur du monde libre, comme tu dis.

Manuel – Quoi qu'il en soit, il y aura une enquête.

Boris – Les services secrets russes ne laissent jamais aucune trace derrière eux. Reste ici, et si tout va bien, tu es réélu dès le premier tour. C'est bien ce que tu voulais, non ?

Manuel hésite.

Manuel – Tu me laisses vraiment le choix ?

Boris – Non.

Manuel – Dans ce cas, négocions... *(Il se rassied.)* Est-ce que tu comptes ignorer aussi la menace d'une intervention directe de l'Alliance Atlantique ?

Boris – Ils n'oseront pas. La Poldavie ne fait pas partie de l'OTAN.

Manuel – Alors qu'est-ce que tu attends de moi, exactement ?

Boris – Que tu suggères à l'Europe de ne pas se mêler de mon conflit avec les États-Unis.

Manuel – L'Europe fait partie de l'OTAN. Si nos alliés s'engagent, nous nous engagerons aussi.

Boris – Si l'OTAN intervient, elle prendra la responsabilité d'engager une guerre mondiale. Une guerre totale. Une guerre nucléaire.

Manuel – Tu veux vraiment risquer de mettre fin à toute vie sur Terre pour que la Russie récupère la Poldavie ? Ce n'est pas une partie de poker, Boris. C'est avec le sort du monde que tu es en train de jouer.

Boris sort d'un tiroir un revolver.

Boris – Tu connais ce jeu, Manuel ? Ça s'appelle la roulette russe. Et donc, ce sont les Russes qui l'ont inventé.

Manuel – Dis-moi que ce revolver n'est pas chargé...

Boris – Le barillet ne contient qu'une seule balle.

Il fait tourner le barillet.

Manuel – Ça ne me fait pas rire du tout, je t'assure.

Boris – Pourtant, c'est très drôle, tu vas voir... Je t'explique. À la roulette américaine, celui qui joue le bon numéro gagne 36 fois sa mise. À la roulette russe, celui qui tire le mauvais numéro se fait exploser la cervelle. Une chance sur six d'y laisser ta peau. Et donc cinq chances sur six de t'en sortir. Quand on n'a rien, on ne peut jouer qu'avec sa vie... *(Boris fait tourner le barillet et lui tend l'arme.)* Tu veux jouer avec moi ? Si tu préfères, c'est moi qui commence...

Manuel – Tu n'oseras pas...

Boris plaque le canon du revolver sur sa tempe. Moment d'extrême tension. Il appuie sur la gâchette. Aucune détonation.

Boris – Et voilà. J'ai gagné le droit de rester en vie. Maintenant à ton tour...

Boris tend le revolver à Manuel.

Manuel – C'est un jeu à la con. Et je n'ai jamais dit que je voulais jouer.

Boris – J'ai mis ma vie dans la balance, Manuel. Maintenant, tu n'as plus le choix. C'est une question d'honneur...

Après une hésitation, Manuel saisit l'arme et hésite, avant de la pointer brusquement sur Boris.

Manuel – Une chance sur six, tu disais...?

Boris – Et même une chance sur cinq, puisque j'ai déjà appuyé une fois sur la détente. Mais on est au Kremlin. Même si tu avais cette chance, il n'est pas sûr que tu puisses ressortir d'ici vivant après avoir tué le président russe...

Manuel pose le revolver sur la table.

Manuel – Je ne suis pas un assassin...

Boris – Tu n'as jamais tué un homme ?

Manuel – Non.

Boris – Mais par tes décisions, comme moi, il t'est arrivé de provoquer la mort d'un homme, indirectement. En envoyant une force d'intervention dans un pays étranger, par exemple.

Manuel – C'était toujours dans le but de rétablir la paix. Jamais dans celui d'étendre mon pouvoir par la force. Et toi ?

Boris – Moi ?

Manuel – Tu as déjà tué un homme ? Je veux dire... de tes propres mains.

Boris – Avant de devenir président, j'ai passé de longues années dans les services secrets...

Un temps.

Manuel – Je suis sûr que cette arme n'était pas chargée. Tu bluffes...

Boris – Si tu en es si sûr, pourquoi ne pas jouer ?

Manuel – Disons que... c'est un peu comme le pari de Pascal. Je pense que Dieu n'existe pas et que cette arme n'est pas chargée, mais à quoi bon prendre un risque inutile pour le démontrer. J'appelle ça la raison...

Boris prend revolver et le remet dans le tiroir.

Boris – J'appelle ça la lâcheté. La lâcheté de ce monde occidental décadent, à laquelle nous opposons le courage qui caractérise l'âme russe.

Manuel – J'appelle ça de l'inconscience. Et c'est surtout avec la vie des autres que tu joues... Cette arme n'était pas chargée...

Il prend le pistolet pour vérifier, mais l'autre l'arrête.

Boris – Non, Manuel, ça ne marche pas comme ça... C'est comme au poker. Quand l'un des joueurs s'est couché, l'autre n'est pas obligé de lui montrer son jeu.

Manuel – Comme tu voudras... Et maintenant, qu'est-ce qu'on fait ?

Boris – La guerre, c'est comme les échecs. Quand on a joué, il faut attendre la réaction de l'adversaire.

Manuel – Je croyais que la guerre, c'était comme le poker... Parce qu'aux échecs, je te rappelle qu'on ne peut pas bluffer. C'est le plus fort qui gagne. En tout cas le plus malin...

Le téléphone rouge sonne, et Boris décroche.

Boris – Da... Da... Da... Niet... Niet... Niet... *(Il raccroche)* L'OTAN vient de décréter l'interdiction de l'espace aérien poldave.

Manuel – Je t'avais prévenu... Et qu'est-ce que tu vas faire ?

Boris – Je vais considérer que ce sont eux qui bluffent.

Manuel – En clair ?

Boris – Je vais ignorer cette interdiction. Ils n'oseront pas abattre un avion russe.

Manuel – Même au poker, il ne faut jamais trop présumer de la faiblesse de l'adversaire.

Boris – Je prends le risque.

Manuel – Et si un de tes avions est abattu ?

Boris – Alors la Russie entrerait en guerre avec les États-Unis.

Manuel – L'armée russe ne tiendra pas trois jours face à l'armée américaine dans une guerre conventionnelle, tu le sais très bien.

Boris – C'est pourquoi nous nous verrions dans l'obligation d'utiliser toutes les armes à notre disposition.

Manuel – Y compris l'arme nucléaire ?

Boris – Si nous y sommes contraints...

Manuel – C'est une guerre que personne ne gagnera. Même si la Russie frappait en premier, elle serait anéantie aussitôt après.

Boris – C'est pour ça que les États-Unis n'oseront jamais abattre un avion russe au-dessus de la Poldavie.

Silence pesant.

Manuel – Pourtant, tu as des enfants, toi aussi. Tu serais prêt à les sacrifier dans l'espoir fou de satisfaire ta mégalomanie ?

Boris – La mégalomanie n'est une folie que si on ne parvient pas à ses fins. Il y a aussi des mégalomanes qui réussissent. Jules César, Napoléon...

Manuel – Hitler... Mais pour lui, ça s'est mal fini. Tu veux vraiment rester dans l'histoire comme celui qui aura déclenché la première et sans doute la dernière guerre mondiale nucléaire ?

Le téléphone rouge sonne, et il décroche.

Boris – Da... Ah, bonjour Gérard, comment vas-tu ? Non... Non, mais pas du tout... Écoute, il faudra que je t'explique tout ça et je suis sûr que tu comprendras, mais là, tout de suite, je n'ai pas vraiment le temps... D'accord, je te rappelle. *(Il raccroche)* C'était Gérard...

Manuel – Gérard ?

Boris – Cet acteur dont tu viens de m'offrir la filmographie complète.

Manuel – Et ?

Boris – Il n'approuve pas cette intervention militaire en Poldavie.

Manuel – Comme quoi... même les imbéciles changent parfois d'avis...

Le téléphone sonne à nouveau. Boris décroche.

Boris – Da... Da... Da... *(Un temps)* Da...

Il raccroche, la mine sombre.

Manuel – Encore Gérard ?

Boris – Mon chef d'état major.

Manuel – Mauvaise nouvelle ?

Boris – L'armée poldave vient de couler un de nos porte-avions au large de ses côtes.

Manuel – Je pensais que vous seriez accueillis en libérateurs...

Boris – Hélas... il y a aussi des esclaves qui refusent d'être libérés.

Manuel – L'armée poldave est pourtant très loin d'être la deuxième armée du monde. Qu'elle ait réussi à envoyer par le fond votre vaisseau amiral, ça ne va pas être très bon pour le moral de vos troupes, non ?

Boris – C'est pourquoi on ne leur laissera pas se vanter de cette victoire. On dira que le bâtiment a sombré suite à une avarie.

Manuel – Un porte-avions nucléaire qui coule tout seul sans même qu'on ait besoin de lui envoyer un ou deux missiles... Je ne suis pas sûr que ça rende votre armée beaucoup plus crédible.

Boris – Tu veux bien m'excuser un instant ?

Boris sort. Manuel reste un instant perplexe. Il parcourt la pièce, comme s'il cherchait une issue. Puis il revient vers la table, ouvre le tiroir, en sort le revolver et ouvre le barillet pour vérifier s'il contient bien une balle. Mais le téléphone rouge se met à sonner, il sursaute et remet précipitamment le revolver dans le tiroir. Le téléphone sonne toujours. Il hésite puis décroche le combiné.

Manuel – Da...? *(Un temps)* Da, da... Da. *(Il raccroche avec un air satisfait.)* Je n'ai rien compris, mais j'ai toujours eu envie de faire ça...

Il se rassied, ne sachant pas quoi faire. Il bâille, visiblement épuisé. Il ferme les yeux, et s'assoupit un instant.

On entend Russians, *la chanson de The Police.*

Boris revient, et Manuel se réveille en sursaut. Boris a l'air préoccupé.

Manuel – Tu peux me dire ce qui se passe ?

Boris – Un de nos avions vient d'être abattu par un missile américain.

Manuel – Et alors ?

Un temps.

Boris – Apparemment, je viens d'autoriser une frappe nucléaire sur Hawaï.

Manuel – Apparemment ?

Boris – Mon chef d'État Major m'assure que j'ai donné mon accord en utilisant ce téléphone.

Manuel *(décomposé)* – Non...?

Boris – Enfin, maintenant que c'est fait, il est trop tard pour reculer. Autant que j'en assume la responsabilité.

Manuel – Une frappe nucléaire sur Hawaï ?

Boris – Tu as raison, on aurait pu choisir Minneapolis ou Cincinnati. Mais je préfère que ce soit interprété comme un simple avertissement. Hawaï, personne ne prend vraiment ça au sérieux... Au pire, si ça n'existe plus, les Américains iront en vacances à Cuba ou à Porto Rico.

Manuel – Mais il est encore temps de revenir sur ta décision...

Boris – Hélas non. Quand un missile nucléaire est lancé, plus rien ne peut l'arrêter. D'ailleurs c'est un missile hypersonique, propulsé à plus de 6000 kilomètres heure. Il a été lancé par un de nos sous-marins qui patrouille en Mer Noire. Il doit déjà avoir atteint sa cible...

Manuel – Et à ton avis, quelle va être la réaction des États-Unis ?

Le téléphone rouge sonne, et il décroche.

Boris – Da... Da... Da... *(Silence)* Da... *(Il raccroche.)* Les États-Unis viennent de détruire Novossibirsk. Je viens d'ordonner une frappe sur Chicago.

Manuel – Dis-moi que ce n'est pas vrai...

Boris – Si jamais je mets la main sur l'imbécile qui a lancé ce premier missile sur Hawaï... Je ne comprends pas... On m'a dit que l'ordre avait été donné par téléphone depuis cette pièce... *(Il lance un regard suspicieux en direction de Manuel.)* Tu ne parles pas russe, n'est-ce pas ?

Manuel – Je suis venu ici pour obtenir une désescalade à la frontière russo-poldave... Pourquoi j'aurais imité ta voix pour donner l'ordre de déclencher une guerre nucléaire ?

Silence. Le téléphone rouge sonne, et Boris décroche.

Boris – Da... Da... Da... *(Silence)* Da... *(Il raccroche.)* Le processus est désormais irréversible. Moscou vient d'être frappée. Nous frappons New-York et Washington en représailles.

Manuel – Moscou ? Mais... nous n'avons rien entendu.

Boris – Ce bunker est enterré à plusieurs centaines de mètres de profondeur.

Manuel – C'est un cauchemar. Je vais me réveiller...

Boris – Hélas, plus personne ne peut arrêter cette réaction en chaîne.

Manuel – Alors c'est la fin du monde...

Boris – C'est la fin d'un monde, en tout cas... Celui que nous avons connu. Je crois que j'ai besoin d'un verre de vodka... *(Devant Manuel totalement abasourdi, il sert deux verres de vodka et en tend un à son interlocuteur.)* Monsieur le Président ?

Manuel prend le verre machinalement.

Manuel – Je crains qu'à l'heure qu'il est, nous ne soyons plus présidents de rien du tout. *(Dans un état second, il vide son verre cul sec, et un long silence s'ensuit.)* Comment est-ce qu'on a pu en arriver là ?

Boris – Je ne sais pas... Je crois que cette partie de poker a un peu dérapé.

Manuel – Tout ça pour annexer un territoire de plus, alors que la Russie est déjà le plus grand pays du monde. Enfin, pour ce qu'il en reste...

Boris – Quoi qu'il en soit, je ne te retiens plus. Si tu veux partir...

Manuel – Partir ? Où ? Comment ? Si Moscou vient d'être frappée par une bombe nucléaire.

Boris – Tu as raison. Alors nous sommes condamnés à passer ensemble le reste de nos jours tous les deux dans ce bunker.

Manuel – Je me demande si l'enfer ne serait pas plus supportable.

Long silence.

Boris – Et si tout ce que je t'avais dit était faux.

Manuel – Pour ce conflit nucléaire, tu veux dire ?

Boris – Et si je n'avais même pas encore ordonné à mes troupes de passer la frontière poldave ?

Manuel – C'est le cas ?

Boris – Je n'ai pas dit ça non plus. J'ai dit : et si...?

Manuel – Si c'est une plaisanterie, elle est de très mauvais goût...

Boris – Disons que ce serait de l'humour russe.

Manuel – Et ces coups de téléphone, alors ?

Boris – Tu m'as juste entendu dire da ou niet. Peut-être qu'on m'informait seulement des affaires courantes de la Russie. Ou qu'on me demandait à quelle heure je voudrais déjeuner, et si je voulais mes œufs sur le plat ou à la coque.

Manuel – Et ces photos de mes opposants à la présidentielle ?

Boris – Tu l'as dit toi-même. Ça pourrait être un montage...

Manuel – Bien, alors qu'est-ce que je suis supposé faire ?

Boris – Je te l'ai dit. Tu es libre de partir. Tu verras bien en sortant si le monde existe encore.

Manuel hésite un instant.

Manuel – Adieu, Boris... Quoi qu'il en soit, je ne pense pas qu'on se reverra.

Boris – Il ne faut jamais insulter l'avenir, Manuel... Si dehors, c'est l'hiver nucléaire, tu peux toujours revenir ici. J'ai de quoi bouffer pendant plusieurs siècles. J'ai de la vodka. Et on a la filmographie intégrale de Gérard.

Manuel sort. Le téléphone rouge sonne. Il décroche.

Boris – Da...? Da...

Il raccroche, réfléchit un instant, puis sort le revolver du tiroir et plaque le canon sur sa tempe. Il appuie une fois sur la gâchette. Puis une deuxième. Et une troisième...

Noir.

Manuel se tient debout face à plusieurs micros de divers médias. Il a l'air KO debout.

Voix off – Monsieur le Président, comment s'est passé votre entretien avec le président russe, et avez-vous obtenu des engagements de sa part sur une désescalade militaire à la frontière entre la Russie et la Poldavie ?

Manuel semble anéanti mais s'efforce mécaniquement de répondre à la question en utilisant la langue de bois diplomatique.

Manuel – Écoutez... j'ai eu avec le président russe une conversation courtoise mais franche. Tous les sujets ont été abordés sans aucun tabou. J'ai fait valoir la position de la France qui est aussi celle de l'Europe, et mon homologue m'a exposé sans détour la façon dont il voyait les choses. Cet échange a donc été intense mais constructif. Nous ne sommes pas pour l'instant parvenus à concilier nos points de vue, mais le président russe m'a assuré qu'il restait ouvert au dialogue. Je vous remercie...

Sur les Chœurs de l'Armée Rouge, Manuel sort en titubant, sonné comme un boxeur au bord de la perte de connaissance.

Noir.

Fin

Ce texte est protégé par les lois
relatives au droit de propriété intellectuelle.
Toute contrefaçon est passible d'une condamnation
allant jusqu'à 300 000 euros et 3 ans de prison.

Mai 2022